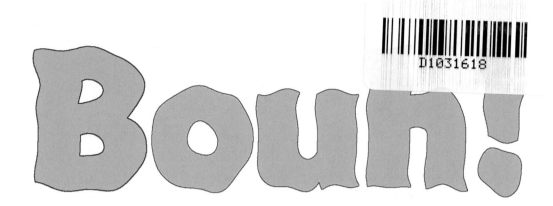

Boun!

ROBERT MUNSCH

ILLUSTRATIONS DE
MICHAEL MARTCHENKO

Texte français de
Christiane Duchesne

Éditions Scholastic

Les illustrations ont été réalisées à l'aquarelle
sur du carton à dessin Crescent.

La conception graphique a été faite
en caractère Caxton Book 17 points.

Photographie de Michael Martchenko (4ᵉ de couverture) : Barry Johnston

Catalogage avant publication de la Bibliothèque nationale du Canada

Munsch, Robert N., 1945-
[Boo! Français]
Bouh! / Robert Munsch; illustrations de Michael Martchenko;
texte français de Christiane Duchesne.

Pour les 4-8 ans.
Traduction de: Boo!
ISBN 0-439-96125-4

I. Duchesne, Christiane, 1949- II. Martchenko, Michael III. Titre.
IV. Titre: Boo! Français.

PS8576.U575B5614 2004   jC813'.54   C2004-900449-2

Édition publiée par les Éditions Scholastic,
175 Hillmount Road, Markham (Ontario) L6C 1Z7 CANADA.

7 6 5 4 3   Imprimé au Canada   05 06 07 08 09

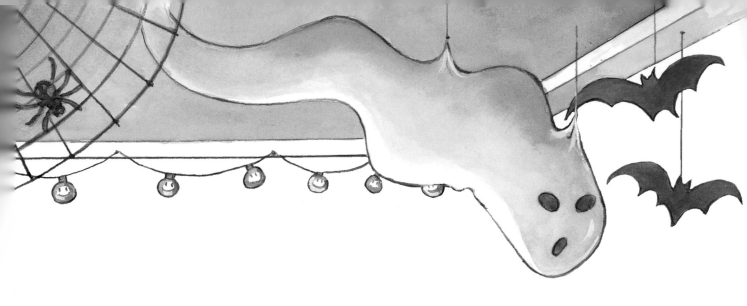

Pour Lance,
de Hamilton, en Ontario

Le jour de l'Halloween, Luca va voir son père et lui dit :

— Cette année, je ne porterai pas de masque. Je vais me peindre le visage pour faire très, très peur.

— C'est bien, Luca, répond son père. Ça me fera moins de travail. Alors, va te maquiller.

Luca va dans la salle de bain et peint sur
son visage :

des vers qui lui descendent des cheveux,

des fourmis qui lui courent sur les joues

et des serpents qui lui sortent de la bouche.

Puis il descend, va se poster derrière
son père et crie :

— Bouh!

— *Aaaaaaaaaaaaah!* crie
son père en se retournant.

« Il n'a pas eu assez peur! se dit Luca.
Je voulais qu'il s'écroule par terre. »

Luca remonte dans la salle de bain
et ajoute à son maquillage :
   un morceau de cerveau vert qui lui sort
   d'un côté de la tête,
   un œil qui pend hors de son orbite,
   de la morve orangée qui lui coule du nez.
   Puis il descend, va se poster derrière
son père et crie :
   — Bouh!

   — *Aaaaaaaaaaaaah!*
hurle son père, avant de
s'écrouler par terre.
   — Là, je fais peur! dit Luca.

Il se glisse une taie d'oreiller sur la tête, en prend une autre pour les bonbons et sort dehors.

Il frappe à la porte d'une première maison.

TOC, TOC, TOC!

Un gros monsieur vient lui ouvrir.

— Bonsoir, petit. Tu es le premier à frapper à ma porte. Comme c'est charmant de voir un petit passer l'Halloween!

Luca enlève sa taie d'oreiller et dit :

— Bouh!

— **Aaaaaaaaaaaaah!** crie l'homme, avant de s'écrouler par terre.

— Des bonbons, s'il vous plaît, dit Luca
d'une voix très douce.

Pas de réponse.

— Des bonbons, s'il vous plaît, dit-il,
un peu plus fort.

Toujours rien.

Alors, Luca entre dans la maison et voit
une montagne de bonbons sur une table.

Il les met TOUS dans son sac.

CRRROUCHE! BOUM!

Puis, même si son sac pèse lourd, il va frapper à la porte voisine.

TOC, TOC, TOC!

Une femme vient lui ouvrir.

— Bonsoir, petit. Tu es lc premier à frapper à ma porte. Comme c'est charmant de voir un petit passer l'Halloween!

Luca enlève sa taie d'oreiller et dit :

— Bouh!

— *Aaaaaaaaaaaah!* crie la femme, avant de s'écrouler par terre.

— Des bonbons, s'il vous plaît, dit Luca d'une voix très douce.

Pas de réponse.

— Des bonbons, s'il vous plaît, dit-il, un peu plus fort.

Toujours rien.

Alors, Luca entre dans la maison et voit une montagne de bonbons sur une table.

Il les met TOUS dans son sac.

CRRROUCHE! BOUM!

Ensuite, il va dans la cuisine et ouvre le frigo. Il y prend dix contenants de crème glacée, vingt canettes de boisson gazeuse, trois melons d'eau, dix pizzas surgelées et une dinde.

Luca traîne son sac jusqu'à l'entrée, trébuche dans l'escalier et atterrit dans la rue.

Une voiture de police s'arrête. Un policier en descend, observe Luca et dit :

— Qu'est-ce qui se passe? Tu ne peux pas rester assis comme ça dans la rue. Prends ton sac et rentre chez toi.

— Mon sac est tellement lourd que je ne peux plus le bouger. J'habite un peu plus loin. Pouvez-vous transporter mon sac jusque chez moi, s'il vous plaît?

— D'accord, dit le policier.

OOOOH! IL EST TRÈS LOURD!

Le policier traîne le sac jusqu'à la maison de Luca et le dépose devant l'entrée.

— Tu dois avoir visité au moins deux mille maisons pour avoir autant de bonbons! fait-il remarquer.

— Non, seulement deux, répond Luca.

— Seulement deux? s'exclame le policier.
Comment as-tu pu ramasser autant de
bonbons dans seulement deux maisons?

— Eh bien… commence Luca. Je fais
tellement peur que, quand les gens me voient
la tête, ils perdent connaissance. Alors,
je prends tous les bonbons de la maison.

— Hum… dit le policier. Je suis un policier;
je ne suis pas peureux. Je peux voir la tête
que tu as.

— D'accord, dit Luca.

Il retire sa taie d'oreiller et dit :

— Bouh!

— Euh… Si tu penses que je vais m'écrouler par terre à cause d'une tête comme la tienne, tu te trompes. Je vais… je vais… DÉGUERPIR AU PLUS VITE!

Il saute dans sa voiture et s'enfuit à toute vitesse.

ZOOOOOOOOOUM!

Luca entre chez lui et décide de manger
une première tablette de chocolat.

Juste à ce moment, on frappe à la porte.
Luca va ouvrir et, devant lui, se tient un grand
ado, bien trop vieux pour passer l'Halloween,
mais qui le fait quand même.

Il a une taie d'oreiller sur la tête et tient
un sac de bonbons bien plus gros que celui
de Luca.

— Mmmm... fait Luca. Tu as dû visiter cinq
mille maisons pour ramasser autant de
bonbons!

— Non, fait le grand. Seulement cinq.

— Seulement cinq, hein? dit Luca.

— Oui. Je fais tellement peur que, quand les
gens me voient la tête, ils perdent connaissance.
Alors, je prends tous les bonbons qu'il y a
dans la maison. Et là, je vais *te* faire peur
et prendre tous les bonbons qu'il y a ici.

— C'est ce que tu penses! dit Luca. Laisse-moi te voir la tête.

— D'accord, fait le grand.

Il soulève la taie d'oreiller et crie :

— Bouh!

Des vers lui sortent de la tête, des papillons lui sortent du nez, et des fourmis lui sortent de la bouche.

Il fait peur, mais ce n'est rien à côté de la tête de Luca.

— Pas pire! dit Luca.

À son tour, il soulève sa taie d'oreiller et crie :

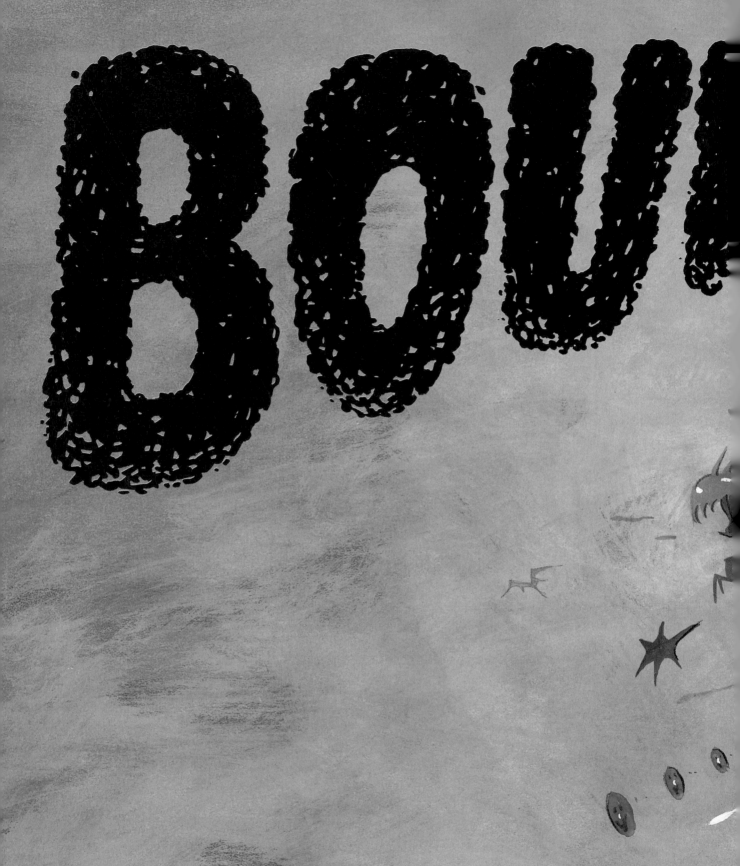

— *Aaaaaaaaaaaaaaah!* hurle le grand ado, qui laisse tomber son sac et prend ses jambes à son cou.

Luca traîne le sac du grand ado dans la maison.

Sa réserve de bonbons a duré très, très longtemps. Chaque jour, il en a mangé autant qu'il le pouvait. Il a mangé des bonbons le matin, le midi et le soir. Il en a mangé en pleine nuit. Mais sa réserve lui a quand même duré jusqu'à...